LENDO

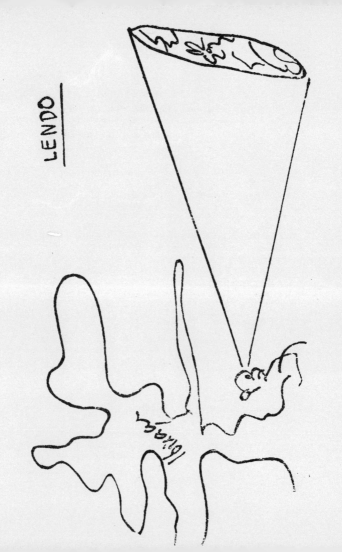

projeto gráfico FREDE TIZZOT

encadernação LABORATÓRIO GRÁFICO
ARTE & LETRA

revisão RAQUEL MORAES

digitação LUISA DRUZIK

Copyright@2024 by herdeiras de Paulo Leminski

Grafia atualizada segundo o Acordo Ortográfico da Língua
Portuguesa de 1990, que entrou em vigor no Brasil em 2009.

L 554
Leminski, Paulo
Descartes com lentes / Paulo Leminski. – Curitiba : Arte
& Letra, 2024.

56 p.

ISBN 9786587603728

1. Ficção brasileira   I. Título

CDD   869.93

Índice para catálogo sistemático:
1. Ficção: Literatura brasileira   869.93
Catalogação na Fonte
Bibliotecária responsável: Ana Lúcia Merege - CRB-7 4667

ARTE & LETRA

Curitiba - PR - Brasil
Fone: (41) 3223-5302 | @arteeletra
www.arteeletra.com.br | contato@arteeletra.com.br

Paulo Leminski

DESCARTES COM LENTES

exemplar nº 686

Curitiba
2024

PREFÁCIO

PENSAR

Um jovem escritor, Paulo Leminski, nos apresenta um jogo *casse-tête*, um quebra-cabeças *rompecabezas*, um labirinto. Num país coagido por um governo ditador em meados dos anos 1960, quando pensar era um ato transgressor, esse piá nos coloca a fritar o cérebro debaixo de um sol escaldante num carnaval alucinado.

Pensar. Desafio dado. Provocação que causa comichão na língua (a da boca também).

Verbo. Um mergulho de olhos e ouvidos bem abertos e corpos suados.

Ação. E *"virem-se!"* — escreve o autor na epígrafe do seu Catatau [1]— sem mapas ou bússolas.

Em Curitiba, cidade natal do Leminski, em 2009, junto com a companhia brasileira de teatro, durante o processo de criação de uma peça de teatro chamada VIDA, escrita e dirigida por

---

[1] Em 1975, Paulo Leminski iniciou sua trajetória de "escritor maldito" com a obra "Catatau", um polêmico livro de prosa em que o experimentalismo atinge níveis pouco usuais, classificada pelo autor como romance ideia. A obra, uma ágil alegoria tropicalista, apresenta o filósofo francês René Descartes vivendo no Brasil holandês de Maurício de Nassau, no século XVII, fumando maconha e confrontando o pensamento europeu à natureza das gentes dos trópicos.

Marcio Abreu e inspirada na obra de Leminski, fizemos encontros de leitura de textos variados do autor. Num sarau em comemoração ao aniversário do poeta, lemos poemas e outros textos que ele havia traduzido, como James Joyce, John Lennon, Petrônio. Decidimos fazer uma leitura de um conto de Leminski, chamado "Descartes com lentes", o embrião do seu Catatau. Fiquei muito intrigada com esse pequeno texto, logo que eu o encontrei, e tomei pra mim a tarefa de navegar nessas águas.

É muito difícil ler as palavras no papel. A boca trava, a cabeça ferve. Hesito e *exito*.

A fábula, a hipótese apresentada logo de imediato era divertida, inusitada, talvez até simples de captar — um estrangeiro recém chegado em terra sedutora —, mas de repente antes do fim do segundo parágrafo, eu já não entendia as citações — *do que* ele estava falando mesmo? Eram muitas questões, muitas dúvidas. Era mesmo falta de informações *sobre o que* é que o Leminski estava falando. Precisei de bússola, boia, leme, remo e recebi a ajuda de muitos para decifrar os códigos. Agradeço Ivan Justen Santana que me mostrou o conto e me deu acesso aos termos em latim, e agradeço a tantas notas de rodapé, artigos e estudos feitos sobre o Catatau de Leminski.

A proposta inicial era de leitura pública em voz alta, uma forma simples e curta de uns 40 minutos de duração. Mas senti necessidade de colocar meu corpo em pé e de falar aquelas palavras com o corpo todo envolvido. E, como que numa resposta física do corpo, e não só da mente, eu comecei a decorar as palavras, mesmo sem saber tudo delas. Era uma espécie de música que ia me fazendo mover. E eu ia sabendo de cor, *pelo coração*, como se diz, eu ia sabendo com o meu corpo aquelas palavras.

Era um exercício de tradução para mim mesma, para entender quais eram as situações descritas, quais eram os assuntos científicos, técnicos, líricos, quais eram as referências artísticas, políticas. Quais eram as dúvidas? Havia dúvidas? No desafio de decupar e decorar o texto, fui desenhando ele no espaço como uma coreografia de pontos de referência, desenhando ele no meu corpo com respirações e músculos tesos, criando maneiras de dizer palavras em outras línguas, de fazer referências a pessoas, lugares, nomes, eventos que eram muito afastados de mim, distantes da minha experiência no mundo. Eu — o texto é todo em primeira pessoa, como o Discurso do Método de René Descartes — eu, uma mulher cis-gênero branca, artista de teatro com mais de

40 anos, exilada no sul do continente americano no final do século XX.

Como eu poderia entender e contar a hipótese labirinto de Leminski? Mas o que seria realmente entender? Além da personagem e da situação em que ele se encontrava — o filósofo francês chegando nos trópicos na caravana holandesa —, como mostrar na cena a ciência das palavras, da linguagem?

Um texto erudito recheado de humor e ironia. Precisei de muita pesquisa e leitura para entender do que se tratava, desde a literatura primeira do mundo ocidental, por exemplo — quem lê Ovídio nos dias de hoje? — e o próprio René Descartes, o filósofo considerado o pai da ciência moderna, aquele que pensa o mundo através da razão, da mente, da cabeça. Cientista do repartir e separar.

Leminski mergulha na exuberância do desconhecido (ou do não conhecido), o corpo do cientista racional que decupa pelo pensamento, que classifica o mundo e os corpos através da mente, que literalmente decepa e separa a cabeça do corpo. Há histórias que Descartes teria feito exumação de cadáveres para estudar cérebros. Leminski mergulha o cérebro de Descartes, o meu, o seu, em substância delirante em ebulição.

Mergulhar cabeça e corpo juntos em outro território, um território que também não conhecemos, que é o território original, o Pindorama antes da invasão de 1500, nos anos de 1600, período da chegada dos europeus às terras que eles chamariam Brasil, em sua diversidade e pluralidade exuberante de natureza, de animais e de gentes daqui. Outro pulso de universo, outra lógica, outros pensares. E o outro seduz e assusta, não é?

Embriagada respiro as palavras e as faço concretas, pulsantes, cheias de sangue e músculos. Me desafio em cena em todas as apresentações a carnavalizar, a dançar. O corpo que não para de pé em quedas vertiginosas no chão ancestral do palco. Ossos e músculos atingidos pelo calor e pela exuberância das paisagens das palavras, sua sonoridade e sua métrica poética, melódica.

Me alio a essa juventude erudita e irresponsável do poeta professor, que aprende a cada hipótese levantada, cada cena alucinada e nebulosa vivida por uma mente perturbada por *cannabis e ananases*. Me *des*visto de lentes e filtros e me acabo, tatuada pela escrita e pelos bichos, meu corpo tomado, invadido por prazeres e assombros.

Leminski propõe desafios que eu carrego comigo há quase 15 anos, de pensar e *re*pensar e *des*pensar circunstâncias e existências que existem no existente circunstancial. Eu tento viver essas palavras no momento em que elas passam pela minha respiração, pelo meu sistema orgânico de fala, pelas minhas células. Quando eu as digo e as ouço, eu busco ver e mostrar essa presença no tempo desse *agora* cheio de passados e futuros. Convivo tanto com essas palavras que na realidade eu já as esqueci por completo, mas sei que elas estão lá flutuando no espaço vazio entre meus neurônios. Basta confiar e elas encontraram passagem pelos buracos da minha cabeça.

Sim, um exercício de presença contundente, algo que não admite contestação, dúvida ou dor, algo que fere por esmagamento, sem cortar, quando é impossível escamotear ou fingir ou representar. Marcio Abreu, que dirigiu essa pequena forma cênica, chama de exercício cênico com caráter performativo e não exatamente de peça de teatro, apesar do palco e da plateia. Primeiro porque "Descartes com lentes" não é um texto escrito para uma peça de teatro, mas um texto adaptado da literatura para o palco, palavras em processo de transição, de transmutação de plataforma, de linguagem, vindas da literatura e bem-vindas no teatro. Depois porque é um exercício profundo de escuta e ação do corpo da atriz no instante do encontro com as gentes e os espaços, que podem ser coxias de teatro, pátios de espaços culturais, bibliotecas e até mesmo palcos. "Descartes com lentes", produzido pela companhia brasileira de teatro, já percorreu mais de 20 cidades em todas as regiões do Brasil, circulou na França e na Colômbia.

Leminski é muito atual, poderia ter escrito este conto nesta semana. Os assuntos que ele escolhe percorrer, como questões de decolonização do pensar, invasão de terras causando devastação cultural e ambiental, ditadura do pensamento branco hegemônico, são tão contemporâneos quanto urgentes. Ele nos convida a abrir olhos e ouvidos e pensar outros pensares, os pensares do suor do corpo, do corpo coletivo.

Pensar. Verbo. Ação.

No nosso país hoje coagido pela ignorância e pela mediocridade, pensar é um ato transgressor. Agir no mundo, pensar com o outro, pensar junto, para não terminarmos todos fritos sem carnaval. Agir hoje no mundo, pra existir um mundo amanhã.

Aqui fica a provocação: leiam! — leiam ao sol — se possível em voz alta.

Ousem. Suem. Se escutem vibrar as palavras.

Naveguem sem querer "entender" tudo.

Se soltem nas ondas das imagens, dancem na fúria vertiginosa de uma queda livre.

Bebam nesse carnaval, fumem essa droga viciante chamada Leminski.

Nadja Naira
Brasil, mês de abril do ano 2024

NADJA NAIRA é atriz, iluminadora e diretora teatral. Busca realizar uma pesquisa artística sintonizada com a dramaturgia e a cena contemporânea. Diálogos e colaborações criativas são seus focos de interesse. Transita entre a iluminação e a direção de performances cênicas: leituras encenadas, teatro, dança, shows musicais. Integra a companhia brasileira de teatro desde 2002.

DESCARTES COM LENTES

Ego, Renatus Cartesius, cá perdido neste labirinto de enganos deleitáveis, vejo o mar, vejo a baía e vejo as naus. Vejo mais. Já lá vão três anos que deixei a Europa e a gente civil: lá presumo morrer à sombra de meus castelos e esferas armilares, jazendo na ordem de meus antepassados. "Barbarus hic ego sum quia intellegor ulli", — isso do exílio de Ovídio é meu.

Do parque do Príncipe, contemplo o telescópio, o cais, o mar e os pássaros do Brasil. Como é do meu hábito de verdes anos, medito deitado nas primeiras horas da manhã só me fazendo à rua muito tarde, já sol de meio-dia.

Estando no parque de Vrijburg, circundado de plantas gordas, nas suas folhagens descomunais, flores enormes de altas cores, cintilantes de gotas d'água e de insetos; seu cheiro é uma carne, o ambiente é sólido, eu poderia tocá-lo.

Bestas de toda sorte circulam em gaiolas, jaulas, ou soltas — animais anormais gerados pela inclinação do eixo da terra, do equinócio. O chamado, na algaravia destes reinos, tamanduá, c/ a língua serpenteando entre as formigas de que extrai todo seu mantimento; levanta-se de pé à laia de homem, formidando e formigófago; o olhar míope de ver formigas cara a cara, tropeça num formigueiro e rola, envolto em formigas. Tatu é convento, rochedo e bastião; disfarçado de pedra, gela com elas e crescem árvores, repousando enquanto pensa seus juízos irrefutáveis.

As capivaras, ratos magnos, o estômago maior que o corpo, concentrando comida.

Numa gaiola, o tucano, indeciso sobre o penhasco do bico, ser pedra ou bicho. Monstros da natura desvairada nestes ares. A jiboia, python que Apolo não matou, abre todo seu ser em engolir; engloba antas, capivaras, veados, — de que deixa fora das goelas os chifres, — como uma árvore caída com galhos —, até que apodreça em seu bucho; então cospe os chifres e come outro. Exorbitantes, vivem séculos, diz Marcgrav. Certamente vivem séculos. Crias? Qual não será filhote? Cada vez maiores, a mãe delas todas acabará por engolir o orbe. Não, esse pensamento não é corrupção dos climas, é inchação do calor em minha cabeça. Que se passa comigo? Hei de abrir meu coração a Articzewski e saberá esclarecer essa treva que me envolve. Virá. Articzewski virá. Nossas manhãs de fala fazem-me falta. Quanto falta para que chegue? Um papagaio pegou meu pensamento, diz palavras em polono, imitando Articzewski. Bestas geradas no mais aceso do fogo do dia... Comer esses animais há de perturbar singularmente as coisas do pensar. Passo os dias entre essas bestas estranhas e à noite meus sonhos se povoam de estranha fauna e flora, de bicos e dentes... E a flora faunizada e a fauna florescida. Singulares excessos. Escrevendo as "Primae Cogitationes circa generationem animalium", — de haecomnia non cogitavi. Esperarei consumindo desta erva de negros que Articzewski me forneceu, chiba, chiba-ba, dianga, diamba, ou diancha, como a registra Marcgrav em seu "Lexicon omnium vegetalium quibus in Brasiliae utentur". E uso de tououpinambaoults, de gês e de negros minas. Aspirar estes fumos de ervas, encher os peitos com os vapores deste mato, a cabeça quieta. Cresce de súbito o sol e as árvores vuhebehasu, que é enviroçu, embiraçu, inveraçu, conforme as incertezas da fala destas regiões, onde as palavras são podres, perdendo sons, caindo em pedaços pelas bocas dos bugres, água, fala que fermenta. Índio é gente que carrega enormes pesos nos beiços, pedras, paus, penas, e não podem falar, falam como quem tem a boca cheia de bichos vivos. Os movimentos dos animais é augusto e lento, todos se olhando de jaula para jaula e para mim. A árvore vuhebehasu, de cerne mole, à maneira de carne ulcerada, casca com verrugas, as folhas grandes lóbulos de orelha, com um látex como porra pelos poros das formigas, dos seus galhos — tufos de parasitas, os frutos são ninhos de formiga, labirintos dos marimbondos, onde os tououpinambaouts vêm caçar maracanãs. Vejo baleias: limitado no mar Atlântico pelas tribos de baleias e no lado do poente pelos desertos de ouro em pó onde sopra o vento que vem do reino dos incas. E os aparelhos ópticos, meus aparatos? Ponho mais lentes no telescópio, tiro outras; amplio; regulo; aumento, diminuo, o olho enfiado nestes cristais, e trago o mundo mais perto ou o afasto longe do pensamento: escolho recantos, seleciono céus, distribuo olhares, reparto espaços, o Pensamento desmonta a Extensão, — e tudo são aumentos e afastamentos. Um olhar com pensamento dentro. Sempre fumando desta erva-que-dói. Como coça. Insetos insetívoros... E de Articzewski (ou Articzowski?) nada... Nem signos nem sinais... E esse sol epilético... Por três anos em vão alcei meu pensamento sobre esta fauna e sinto que estes bichos de olhar calmo estão pensando em mim. Maravilha é pensar esse bicho. Como pensar esse bicho? Duvido que Articzewski possa. Não poderemos. Este bicho é proteu, aquela ave é orfeu, este vapor é morfeu? Quem mordeu? Metamorfose. Isso é dúvida ou concessão à má natura? O que é olho de onça, o que é vagalume? Enquanto o macaco representa e gesticula humano — o papagaio fala, e parece gente em pedaços, uma parcela no macaco e uma porção num papagaio. Batavos há que tem perdido a razão nestas zonas, casando-se em conúbios múltiplos com as índias, falam o linguajar deles, que é como os sons dos estalos e zoos deste mundo. Duvido de Cristo em nheengatu. Índio é gente? Este país cheio de brilho e os bichos dentro do brilho é uma constelação de olhos de fera. E de noite a cabeça cheia de grilos e gritos tem pensamentos de bichos... Esponjas, antenas, pinças certeiras. Pensamento é susto. Que fome! Uma arara acende-se em escândalos mas não é Artichofski. Num galho reto da árvore sob a qual me jazo ("patulae recumbans sub tagmine fagi"), está o assim designado bicho preguiça que requer uma eternidade para ir dez palmos: este animal não vive no espaço, vive no tempo, no calor e na intensidade. Este mundo não se justifica. Que perguntas fazer? Gigantomaquia, batracomiomaquia. Esta alimária levando eternidades para nada é o relógio deste meu estar fracassado: o bicho mede-me o tempo do intenso. Uma insógnita parada numa reta. Preciso lembrar disso para Artizcoff, e a preguiça sobre mim. Nem a fumaça que emito a perturba no calor do seu estar. Este mundo é o lugar do desvario e a justa razão aqui se delira. Umas árvores de papagaios: formigas comem uma árvore numa noite, — e os papagaios no sono, donde tantas árvores secas com os respectivos esqueletos apensos. E o calor... Esta canícula... O calor é pura substância onde boiam gaivotas e o pensamento não entra nesses espaços nem ingressa nesse mundo.

As aves sem fôlego, no sol, no fogo... O arúspice vê no voo das aves o futuro pelo muito eterno do presente em que elas vivem. Não, esses pensamentos recuso, refuto e repilo. Sinto coisas crescerem em mim, contra mim e em prol deste mundo. Nada há aqui onde apoies o pensar. A esta terra faltam-lhe castelos, tumbas, estátuas, palácios catafalcos, cenotáfios, marcos miliários, arcos de triunfo, torres, estirpes. Fico feito Sísifo rolando rochas de cogitações que escorregam de volta no seu próprio peso. Faltam coordenadas... E essa preguiça... Com esse sono pesado, estou ancorado no presente, acordado neste pensar (ou pesar?) permanente... Artissef me levantará do chão e de minhas dúvidas. Um mecanismo de passarinhos! Aumento o telescópio: mais lentes. Lentes e dentes. Omito. Aqui não se reparte, não se divide. Um dia a selva desmorona em cima de Mauritstadt e a afunda na lama e no calor. Não, esse pensamento não. Atrapalhos e trambolhões. Trabalhos de hércules. Podar as opiniões recebidas, as verdades dadas e os dados herdados, passando o rio Aqueloo, — e o discernir é o Aqueloo; cortar as sete cabeças da Hidra da vã presunção e inchaço de saber, que são, a) pensar que se sabe, b) dizer que sabe não sabendo, c) distorcer o cristal da verdade, d) ter o erro como verdade, f) não precisar de ninguém para chegar à verdade, g) precisar de todas as autoridades para chegar à verdade. Isso é hidra. Saber é hidra? Disso é mister cortar as sete cabeças. Colher os pomos de ouro do jardim das Hespérides (estes cajus) além das colunas: ir por partes, repartir. Sim, repartirei. Confirmo: Articavski, reparti. Parti, rachei, reparei. E de trabalhos não chegarei aos doze. Para que trabalhar tanto? "Credo ut intellegam", sim, mas já não creio no que penso. Já duvido se existo: exito. Se existe este tamanduá, eu não existo. Pensar é uma esponja? Tamanduá não é verdade; eu quero a verdade. Com os santos padres de La Flèche aprendi a obrar em presença de Deus; e aqui, — obrando em presença de bichos? Pelo Sagrado Coração de Jesus! E que é do Cérebro de Jesus? Ah, se o rio de pensar fossem silogismos e subjuntivos! Aqui tudo tão enigmas. Esta vuhebehasu é esfinge, e Cérbero bebe o Estige e a água do meu cérebro. Quero dizer: aqui não se pensa: e olhar com lentes já é o máximo do pensar... É o sumo do pensar, e aqui estou no máximo e no excedente. Nas excelências. A cabeça furada de cáries. Um coco roído de formigas. Nestes climas onde o bicho come os livros e o ar caruncha os pensamentos, estas árvores ainda pingando as águas do dilúvio. Ah, Brasil, Parinambouc, minha Tróia, este mundo é sujeira; este mundo não sai: é uma sujeira em meu entendimento no vidro de minhas lentes.

O próprio do corporal alimento é, em alimentando, ir-se-lhe o sabor da boca; mas os frutos desta terra são caju, maracujá, guabirobas e ananazes; o sabor fica na boca e não passa. Essas frutas são fruto de minha imaginação ou usufruto de meu cismar? Esta nota a porei em nótula ao "De Saporibus": em Marpion não. E metamorfoses, as coisas rolam, transformam-se sem sair do lugar. Calor e mosquitos que me carcomem os pensamentos. Meu pensar apodrece entre mamões, caixas de açúcar e flores de Ipê. Durmo com um teorema na cabeça, comendo abacaxi, e acordo com a boca cheia de formiga. Vae! Ai do Pensamento e da Extensão. Cancerado e cancelado. A humana criatura aqui não mais "substância pensante" mas substância pesando, substância substante, que sei? A ciência do silêncio e do pensar violento. Lá na torre, Marcgrav, Goethuisen, Usselincx e Post colecionam em vitrines e vidro os bichos e flores deste mundo; mas não sabem que deviam pôr o Brasil inteiro num alfinete sob o vidro? Não, esse pensamento não. A sombra da preguiça pesa sobre meu entendimento como um penedo. O sol por dentro dos cachos, frutas explodem em fachos, entre penas de insetos, plumas. Pirilampos de pensamentos, lampejos. A cabeça pensa com a boca podre, os dentes carcomidos de açúcar? A aranha ali leva para fazer a teia o mesmo tempo que levo para pensar

um teorema. Ou perco? Se perco, per-
di-me. Artizshofski achar-me-á para
mim e para ele?

Quando vim com Maurício, não
pensava; quando vim, vinha. De fumar
a boca se enche de terra e a cabeça de
uma água calma. Investi; pelejei contra
Paranambouc de ponto em branco no
meu método — "mirabilis fundamen-
tum" — mas ora sei que todo método
é método de preservar-se da irrupção
de novas realidades. Que mau astro me
trouxe a parar nestas paragens? Que
signo? Câncer, — comido dos cânceres
de Câncer, ou flechado nas setas de Sa-
gitário, náufrago nas águas do Aquário;

e ponho na Balança um bicho que rói o fiel e a balança rui. Vim com as naus de Nassau para expor meu método às tentações deste mundo, para prová-lo nesta pedra de-toque, mas meu pensar bate nessa pedra — e o eco é pleonasmo, é tautologia, eco a mesmice; reflete, devolve e recusa: siso de Narciso.

— Ignoras, mundo, tudo que pensei?

— Sei.

— Qual é teu arcano que decifrar não consigo?

— Sigo.

— Aonde vai esta preguiça que para nada tanto tempo levou?

— Vou

— Onde reside tua verdade para eu buscá-la?

— Cala.

— Cogito ergo sum?

— Um.

— Quem me conta deste mundo, que tento mas não disseco?

— Eco.

— Concrescem as horas e as obras, eu perdido no pó deste pensar, no meio destas cobras. Raízes com ostras. Raízes. Monstros à mostra. Abortos abertos ao sol, e troncos. O aparente aparece. Isso é baralho: um ás na hora vale mais que Aristóteles. Mas que digo! Alguém está pensando no meu entendimento, ou já criei bicho na memória? Ou é alguma carne, alguma rês, que comi? O ser é espesso, definitivo. Precário. Onde uma erva, um clima, uma região e um zoo podem mais que meu entendimento e minha alma imortal? Salvá-la-ei? "Quod vitae sectabor iter?" Isso de Ausônio perguntei-me em verdes anos. E agora entro tououpinambaoults, que me importa? Às vezes parece-me que a terra pulsa como um coração; ou será o meu? De quem será? Que pensam os índios sobre isso tudo? Índio pensa? Artixoff mo dirá; ocorre-me que está aqui há dez anos: e não pensando mais? Com aquelas tatuagens todas, pensa ainda? Um homem escrito pensa? Esse pensamento recuso, refuto, repilo, deserdo, rasuro, desisto. Índios comem gente. Pensamento é susto. Estes conceitos — eu os quero perpetuar. Perpétuos em minha memória — estes sucessos. Demasias. Este mundo, este mato. Índios comem gente. Como será? Sepultar em nós um corpo com nome e coração, e me vem de súbito a fome de devorar Artixofski. Terei seus pensamentos? Sentirei seus males, sofrerei de sua sede, saberei de seus saberes e deveres? Estes conceitos — eu os quero esquecer. Artixoff não saberá deles, não se pensa mais nisso. Índio pensa? Índio come gente — isso sim. Índio me comendo, pensará estes meus pensares ou pesará de todo esse peso, parado no momento? Um índio come a tua perna olhando cara a cara, olho a olho, com tua cabeça caveirada. Eu vi com estes olhos que a terra há de comer. Ou não? Ora saibam que os tououpinambaoults espetam no fálus certos espinhos e acúleos para inchá--los como troncos, e mal podem sus ter-se ao peso daquilo e incham pelo amor de inchar que não há mulher que os sofra, como tudo incha e infla nestes climas. Ah, como penso mal! Elefantíase do meu cogito! Uma fumaça sobe aos ares. Queimam os campos? Ou é a guerra? Artixov enfrenta os de

Parinambouc. Os corvos comedores de olho enfrentam o sol e se assanham nas pupilas. Não, chega de ficção, não há guerra, tudo é paz, é sossego, só essa angústia assustada. Aponto a luneta e partem naus. Erguem velas com gente suando de saudade. Partem mas não vão. E a âncora que içam vem viva, é um caranguejo que corta as cordas e as jugulares. Naquela água de abacate, nada navega, nada se locomove. E a bússola é um relógio morto. E o pensar estelar destes insetos com antenas azuis e ágeis? É o meu? Não é o meu, que eu sou de repartir e separar. Ah, como era eu Cristo ao dar seu pão repartindo em pequeninos! Sinto o

tatu

tamanduá

gambá

capivara

tucano

bestiário

anta

paca

jibóia

preguiça

pisar dos bichos, e o pesar dos peixes nessas águas onde boiam mamões. Nada que mereça o bronze ou a bela linguagem. O olho do sol pisca. Artisheffsky para cair sobre meu pensamento. A preguiça não come. Incha de estar ali. Parada no ponto exato. Gerar e girar. Meu corpo só podia ter o tamanho que tem. Vulnerável à dúvida, ao dente e ao olhar, — vulnerável a lâminas, flechas, arcabuzes, — e a cabeça que pensa uma clava de tououpinambaoults esmaga. Não há dúvida. Ai, como dói essa constelação na úlcera de minha dúvida metódica! E o método duvidoso desses bichos? É preciso matar para garantir o método; aquele olhar te olhando é pensamento, e isso dói. Pisando até esmagar aquela cabeça, o ar se limpa: você apaga essa fogueira do pensar, em cujo fumo gesticulamos afônicos e acéfalos. Afasta-te, remove-te, Parinambouc dá-me o espaço de pensar-te e, em te pensando, salvar meu pensamento da danação, vade retro! Sylva aestu aphylla, sylva horrida... Intumuere aestu... Falar por falar é coisa que nunca fez mal. Pensar por pensar. Consumir-se suando de pensar como um círio, aceso na cabeça e as formigas me comendo e me levando em partículas para suas monarquias soterradas. A existência existe no existente, a presença presente no presenciar, as circunstâncias no circunstancial, o íntegro integrado no integral, a totalidade totalmente no total. Contacto compacto com coisas coesas. No grande livro do mundo, Parinambouc são páginas enigmáticas fechadas ao siso e à fala. Este capítulo não cifro nem decifro; ou é erro? Sofro, e este livros sem textos é só ilustração e iluminura. Não traduzo nem leio. Coagido, cogito. Giro e jazo. Um círculo de giz em volta de meu juízo, uma nuvem, uma caligem, um bafo me embacia o entendimento para que não entenda Parinambouc, e Parinambouc é o círculo, a nuvem, a caligem. Cogito ergo sum? Sursum corda. Ergo.

Dentes e lentes. Cogito e corrijo. Agito. Fedor de antas e araras. Uma fera urra dando à luz. A onça está parindo Articzewsky? Ai, ui. este pensamento sem bússola é meu tormento. Meu penar e no pesar. Ah, quando verei meu pensar e meu entendimento — fênix — renascer das cinzas deste cigarro de maconha? Ocaso do solado meu pensar. Novamente: a maré de desvairados pensamentos me sobe no pomo de Adão como um vômito. Estes não. É esta terra: é um erro, um engano de natura, um desvario, um delírio, um desvio. Uma doença do mundo. E doença doendo, eu aqui com lentes esperando Articxoffski, e aspirando.

Aumento o telescópio; na subida, lá vem Artyxovsky... Mas como? Vem bêbado... Artyshesky bêbado... Bêbado como polaco que é...

Bêbado? Quem me compreenderá?

SOBRE O AUTOR

Paulo Leminski (1944-1989) nasceu em Curitiba. Foi poeta, romancista, ensaísta, tradutor, professor, publicitário e compositor. É autor de *Catatau, Distraídos Venceremos, Vida, Gozo Fabuloso*, entre outros. O impacto do seu trabalho ecoa até hoje pelo Brasil e nas ruas de Curitiba.

Este livro foi produzido no Laboratório
Gráfico Arte & Letra, com impressão em
risografia e encadernação manual.